MÉMOIRE

POUR L'HISTOIRE

DE

SAINT-VALERY-SUR-SOMME

PAR

Charles BLONDIN

cb bccx iii

Publié, annoté et précédé d'une Notice sur l'auteur

PAR

Alcius LEDIEU

AMIENS

IMPRIMERIE DE DELATTRE-LENOEL

32, RUE DE LA RÉPUBLIQUE, 32

——

1882

MÉMOIRE POUR L'HISTOIRE

DE

SAINT-VALERY-SUR-SOMME

MÉMOIRE

POUR L'HISTOIRE

DE

SAINT-VALERY-SUR-SOMME

PAR

Charles BLONDIN

cb bccx III

Publié, annoté et précédé d'une Notice sur l'auteur

PAR

Alcius LEDIEU

AMIENS

IMPRIMERIE DE DELATTRE-LENOEL

32, RUE DE LA RÉPUBLIQUE, 32

—

1882

AVANT-PROPOS

La Bibliothèque communale d'Abbeville possède un manuscrit provenant de la riche collection de MM. Delignières de Bommy et de Saint-Amand. Ce manuscrit, qui porte pour titre : *Mémoire pour l'histoire ecclésiastique et civile de Saint-Vallery-sur-Somme*, par Charles Blondin, docteur de Sorbonne, chanoine de la cathédrale d'Arras, fut donné à M. de Bommy par un sieur Félix Collenne, ainsi qu'on le constate au verso de la première page. Mais ce n'est pas le *Mémoire* original de Ch. Blondin que nous avons entre les mains, car plusieurs copies en ont été faites ; ainsi Florentin Lefils, pour son *Histoire de Saint-Valery*, s'est servi d'un manuscrit portant le même titre que le nôtre, et qu'il signale comme appartenant à M. H. Manessier, alors sous-préfet d'Abbeville. M. E. Prarond, dans son *Histoire de cinq villes et de trois cents villages*, t. III, (canton de Saint-Valery), cite un manuscrit semblable dans la collection D. Grenier, (p. 15, art. 5 de l'ancien inventaire, aujourd'hui vol. 103, f° 137.)

Au sujet de ce dernier manuscrit, nous nous sommes adressé au savant administrateur de la Bibliothèque nationale, M. Léopold Delisle, qui nous répondit, avec son obligeance habituelle : « .... Quant au *Mémoire* pour l'*Histoire de Saint-Valery*, l'exemplaire recueilli par dom Grenier m'a tout l'air d'être une copie. Rien ne semble indiquer un original. L'écriture n'est point celle de dom Grenier ni d'aucun de ses collaborateurs habituels. »

Nous ne savons pas ce qu'est devenu le *Mémoire* original de Charles Blondin, qui n'est plus à Arras, où il a dû se trouver avec ses autres manuscrits. Quoi qu'il en soit, l'auteur n'avait pas la prétention de faire une œuvre complète ; la remarque placée en tête de son *Mémoire* prouve suffisamment que ce n'est qu'une compilation ; une notable partie de ses notes sur les premiers seigneurs a dû être prise dans le Ms. de Ducange, qui se trouve aujourd'hui à la Bibliothèque de l'Arsenal.

Notice sur Charles BLONDIN.

Le nom de Blondin appartient à plusieurs familles de Saint-Valery et des environs, comme le fait justement remarquer M. E. Prarond (1). Ainsi, Nicolas Blondin paraît comme maïeur de Saint-Valery sous les années 1658, 1659, 1666 et 1674 ; M. Prarond cite aussi un autre Nicolas Blondin, lieutenant de l'amirauté de Saint-Valery en 1693 ; antérieurement encore vivait un moine du nom d'Adrien Blondin, qui écrivait des vers latins en 1628 ; c'est sans doute le même personnage, désigné comme prieur de Saint-Valery, qui célébrait les louanges de S. Valery en vers latins et qui les faisait imprimer chez le Boulanger, à Rothomagi (Rouen), en 1554, 1 vol. in-4°.

M. Prarond fait sur ces personnages des rapprochements qu'il n'ose donner comme des preuves constatant leur parenté. Il cite encore le nom du botaniste Pierre Blondin, né à Vaudricourt en 1682, mort en 1713 ; à ce propos, il fait la remarque que Charles Blondin alla mourir à Vaudricourt en 1738, et il ajoute : « Le naturaliste, le chanoine, le moine, les maïeurs, le lieutenant de l'amirauté étaient bien probablement de la même famille. » Faute de preuves plus convaincantes, il nous semble que celles-là peuvent paraître suffisantes, et nous nous rangeons complètement à l'opinion émise par M. Prarond, auquel il faut toujours s'en référer lorsqu'on s'occupe d'un point quelconque de l'histoire du Ponthieu.

Charles Blondin naquit à Vaudricourt le 19 mars 1681 ; il fut baptisé le lendemain, et il eut pour parrain Charles Ferté, et

---

(1) *Hist. de cinq Villes.... Canton de Saint-Valery*, t. III, p. 130.

pour marraine Françoise Lecat (1). Il était le troisième enfant
de Jean Blondin, laboureur, décédé le 18 février 1683, âgé de
50 ans, et de Jacqueline de Saint-Germain, morte le 4 novembre
1685 à l'âge de 27 ans (2) ; elle était fille de Claude, bailli de
Cayeux, lieutenant de la châtellenie de Saint-Valery, et de
Jacqueline Lallemant, première femme de Claude de Saint-
Germain.

Les frères de Charles Blondin étaient : 1° Jean, baptisé le
28 octobre 1677 ; il se fit recevoir docteur en droit, puis avocat
au Parlement. Il se noya dans la mare de Vaudricourt, à la
suite d'un acte d'intempérance (1724) ; 2° Louis, baptisé le 1er
juin 1679, mort le 22 juillet suivant ; 3° Pierre, né le 19 décembre 1682. Il était docteur en médecine à sa mort, arrivée
le 15 avril 1713 : il fut tué au coin d'une rue, à Paris, par un
essieu de charette qui lui creva le ventre contre une muraille.
Ce jeune savant, — élève et ami de Tournefort, — « qui médi-
tait, dit-on, un nouveau système des plantes, dit M, Prarond,
fût peut-être devenu une des gloires de la France (3). »

Restés orphelins de bonne heure, Charles Blondin et ses
frères furent recueillis par leur oncle maternel, Alexandre
Godquin, bourgeois et marchand à Saint-Valery, qui était en
même temps leur tuteur. Il les fit étudier jusqu'au choix de
leur état.

Charles fit ses humanités à la ville d'Eu ; il alla ensuite faire
sa philosophie et sa théologie à Paris. Il devint docteur de
Sorbonne et passa pour un des savants les plus distingués de
son temps.

_____

(1) Les détails concernant l'état civil de Charles Blondin et de sa
famille nous ont été communiqués par M. Farcy, instituteur et secré-
taire de la mairie de Vaudricourt.

(2) Jean Blondin et sa femme reçurent leur sépulture dans l'église de
Vaudricourt.

(3) *Les hommes utiles de l'arrondissement d'Abbeville*, p. 20.

Gui de Sève, évêque d'Arras, pendant un séjour qu'il fit à Paris, ayant entendu vanter la science du jeune docteur de Sorbonne, voulut faire sa connaissance ; il acquit ainsi la preuve que tout le bien qu'on lui avait dit de lui était exact. Peu de temps après, en 1709, il le nomma chanoine de la cathédrale d'Arras.

Les partisans du Jansénisme avaient fait leur soumission en 1669, trente-un ans après la mort de Cor. Jansen, quand, en 1702, les contestations se renouvelèrent. Une nouvelle tempête fut soulevée par l'apparition d'un ouvrage du P. Quesnel ; dès lors, le *Jansénisme* devint le *Quesnélisme*, qui fit de rapides progrès dans les facultés de théologie, dans la magistrature, dans les congrégations religieuses et parmi les prêtres séculiers. Le pape Clément XI condamna le *Jansénisme* dans la bulle *Unigenitus* en frappant de censure 101 propositions (1713).

« De tous ceux qui, dans l'Artois, — dit M. Fanien, — ont protesté contre la constitution dont il s'agit, Charles Blondin est sans contredit le plus célèbre. Aussi l'histoire a-t-elle conservé dans ses archives la biographie de cet homme et raconté ses égarements, cause de tant de divisions au sein du Chapitre dont il faisait partie. »

C'est à dater de la publication de cette bulle que commence, dans l'histoire du Jansénisme, la période de l'*Appel*, parce que les opposants à la bulle en *appelaient* à un futur concile ; voilà pourquoi D. Grenier, en parlant de Charles Blondin, dit qu'il était « appelant et réappelant. »

En 1717, le chanoine Blondin appela en Sorbonne de cette bulle, et, en 1728, il refusa catégoriquement de se soumettre au mandement que l'évêque d'Arras, Baglion de la Salle, avait donné pour l'acceptation de la bulle *Unigenitus*.

Le Chapitre lui accorda six semaines pour se rétracter, mais, à l'expiration de ce délai, Charles Blondin renouvela publiquement son *appel*. Il fut alors poursuivi par les lois canoniques

2

les plus sévères, et l'évêque d'Arras obtint du roi Louis XV, en 1729, une lettre de cachet exilant le chanoine janséniste à Loudun, au diocèse d'Angers. Au bout d'un an, il obtint de revenir dans le diocèse d'Arras pour vaquer à ses affaires, mais il ne devait approcher de la capitale de l'Artois qu'à une distance de deux lieues. Il demeura quelques jours à Bavincourt, où il eut des entretiens avec un de ses confrères, aussi *appelant*, mais clandestinement.

La Cour fut informée des menées de Blondin ; en outre, l'évêque d'Amiens apprit qu'il s'était rendu chez un habitant de cette ville, l'avocat du Liège, chaud partisan du *Quesnélisme*. Une seconde lettre de cachet, obtenue par l'évêque d'Amiens, envoya le chanoine rebelle au village de Vaudricourt, avec défense d'en sortir jusqu'à nouvel ordre.

Il y avait cinq ans que Charles Blondin était dans son village natal, quand, au mois d'avril 1735, il obtint de passer quelques mois à Arras : le Chapitre avait besoin de ses avis. Au bout de ce temps, il retourna à Vaudricourt, où il demeura interdit *à divinis*.

Après son retour, il continua de rassembler les hommes mariés en leur faisant des prières et des exhortations évangéliques au pied d'une croix. L'évêque d'Amiens, Louis-Gabriel de La Motte d'Orléans, l'ayant appris, lui interdit de porter le surplis à l'église.

La même année, le chanoine Blondin tomba gravement malade ; il fit appeler le prieur des Bénédictins de Saint-Valery, à qui il se confessa ; mais, après sa guérison, l'évêque d'Amiens fit signifier un interdit au prieur, parce qu'il n'avait pas obligé Blondin à rétracter son *appel*. Le curé de Vaudricourt reçut en même temps l'ordre de n'accorder aucun sacrement au chanoine janséniste.

Après sa guérison, Blondin continua ses prédications en

plein air ; il n'avait plus que cette seule ressource, puisque la chaire lui était interdite.

Au mois de septembre 1738 — et non au mois d'août, comme le dit D. Grenier, — il tomba malade de nouveau. Les luttes nombreuses qu'il avait à soutenir, jointes aux mesures rigoureuses qu'on avait prises à son égard, ne contribuèrent pas peu à faire naître cette seconde maladie. Cependant il entrait en convalescence ; il voulut manger du porc frais, ce qui lui occasionna une indigestion dont il mourut le 24 du même mois (1). Il fut inhumé solennellement le même jour à Vaudricourt par frère Alexandre, prieur. Son acte de décès fut signé par plusieurs de ses parents et amis : Machart, Jeanne Godquin, frère Alexandre, frère Louis-Alexandre, curé de Vaudricourt, Dumat, etc.

Le chanoine Defrance, député du Chapitre d'Arras, assista aux services funèbres célébrés le 6 octobre suivant dans la cathédrale de cette ville en l'honneur du chanoine Blondin, bien que plusieurs de ses collègues se fussent opposés à la célébration de ces services.

Nous avons parlé de l'érudition de Blondin ; nous devons dire, pour être complet, qu'il était doué d'une activité et d'une force de travail étonnantes. Il laissa en mourant une histoire manuscrite de la ville d'Arras, formant six volumes in-folio, un grand nombre d'anecdotes qui concernent ce diocèse, un ouvrage latin, qu'il a intitulé *Prospectus*, ouvrage qui traite de l'Eglise et du diocèse d'Arras, etc. Il légua ces divers manuscrits au Chapitre d'Arras, ainsi que sa bibliothèque, estimée vingt mille livres, — D. Grenier dit 16 à 17,000 livres. — En 1793,

---

(1) On est frappé de la fin prématurée et accidentelle de chacun de ces trois frères, tous trois docteurs, dont les débuts, dans leur carrière respective, annonçaient une brillante destinée.

cathédrale et bibliothèque du Chapitre disparurent ; de sorte qu'il ne reste plus aujourd'hui, à ce qu'il paraît, que quelques rares épaves des livres et des manuscrits que possédait autrefois le Chapitre.

Ceux qui seraient curieux d'avoir plus de renseignements sur ce chanoine trouveront une vingtaine de pages que lui a consacrées le P. Ignace Le Carlier dans 2 vol. manuscrits déposés aujourd'hui à la bibliothèque d'Arras.

Un dernier mot. Formentin, dit M. E. Prarond (1), cite un nommé Blondin comme auteur de manuscrits sur le Vimeu. Ne faudrait-il pas admettre que c'est de Charles Blondin qu'il serait question ?

----

(1) *Les hommes utiles...* loc. cit. p. 21.

MÉMOIRE

POUR

L'HISTOIRE ECCLÉSIASTIQUE ET CIVILE

DE

SAINT-VALLERY-SUR-SOMME.

PAR CH. BLONDIN.

---

*Ce Mémoire est composé de remarques tirées de divers manuscrits
et livres imprimés l'an 1713.*

Les anciens seigneurs et avoüez de S¹ Vallery portoïent :
D'azur, freté d'or, semé de fleurs de lis de même.

Evénement miraculeux à la dédicace de l'Eglise paroissiale de Saint-Vallery l'an 1500.

Les chroniques de Hainaut manuscrites, au livre 76ᵉ,
chap. 28, p. 39, volume 23, dans les manuscrits du cardinal de Richelieu, renferment ce qui suit (1) :

`L'aventure qui advint à sire Martin Piedavant, en
l'église de Saint-Vallery-sur-Mer, 28ᵉ ch.

---

(1) En marge, on lit : « Dans les manuscrits du cardinal de Richelieu
dans la bibliothèque de Sorbonne. »

Le 23 novembre, l'an 1500, étoit prins jour pour dédier
l'église de Saint-Vallery-sur-Mer, et, pour célébrer cette
solemnité, étoit venu l'évêque pour y besongner le lendemain ; sire Martin Piedavant, lequel avoit servi le peuple
comme curé d'illec, s'avancha de s'y enfermer en l'église
pour le veiller, et, quand vint l'heure de minuit, vint à
luy un personnage blanc vestu, qui le print par la main,
disant : Coquin, que fais-tu icy? puis le hapa par sa
gorge, un autre vint fraper sur luy, un autre luy estrain-
dit le col fort serrément, puis aucuns horribles chiens
l'assaillirent par les jambes ; il fut dépouillé tout nud et
piteusement battu, mais point ne fut déchaussé de ses
botequins ; sa robe, souliers, chausses et pourpoint,
soupli et étole furent brusléz et son corps fut tellement
persécuté qu'il demoura là estendu comme pasmé et as-
sommé de horions. Aucuns paroichiens, oians ce tempête, regardans par une verrière, reconnurent que, à
l'environ de luy, aperchurent trois testes de mort, et
disoit lors ledit sire Martin, soy retournant vers l'image
de Notre-Dame : Ha benoiste Vierge Marie ! hélas que me
demandés-vous ? Iceux paroichiens, regardans, virent
esteindre trois chandelles qui à coup furent rallumés ; si
le virent abattre tout plat à terre en le battant, et yceluy
se complaindit piteusement en ululant (1) comme une

---

(1) Fl. Lefils, dans son *Histoire de Saint-Valery*, p. 167, écrit « ullutant » ainsi qu'il l'a trouvé dans la copie du mémoire qu'il a consulté;
la copie qui se trouve dans les manuscrits de D. Grenier, est conforme
pour ce mot à la nôtre, mais Jean Molinet ne dit ni « ullutant ni ululant, » mais bien « veulant, » qui est le mot le plus exact; c'est une
erreur du copiste qui aura pris « ululant » pour « veulant » en prenant
le *v* pour un *u* et en prenant l'*e*, qui était peut-être allongé, pour un *l*.

beste ; yceux qui le regardoient, véans ce mistère, cou-
rurent par l'huis de l'église pour luy donner secours,
mais ils le trouvèrent fermé et trouvèrent l'autre huis ou-
vert, par lequel tant les prêtres que gens lays entrèrent
en l'église, entre lesquels étoit Jehan de Ponthieu, maire
de Saint-Vallery, lequel afferma que l'église étoit comme
plaine de poudre de canon et d'horrible et abominable
puanteur ; là fut trouvé ledit sire Martin, angoiseusement
tourmenté, enflé de son corps et boursouflé de face, et
furent ces nouvelles aportées au diocésain qui, le lendemain, avoit jour assigné pour dédier la place ; là furent
les plaies du patient piteusement découvertes ; un prestre,
nommé sire Jehan de Sens (1), conneut qu'il vit lors en
l'église trois grands personnages dont il fut fort espenté ;
ils tiroient vers la chapelle des Mariniers (2) ; l'horloge
ne tappa puis onze heures jusqu'à une heure après minuit, et fut une lumière sur l'autel saint Martin durant
l'espace que l'évêque dédia ladite église, dont la solemnité de la dédicace se fait en esté, le lendemain du jour
saint Martin ; et, après que ledit sire Martin fut si rude-
ment rencontré, il rendit son âme à notre Seigneur, car
il avoit passé par un détroit et merveilleux purgatoire (3).

---

(1) On lit « Jehan de Lens » dans Molinet.

(2) Le même chroniqueur dit « la chapelle des Maronniers, » — ce
qui, du reste, est synonyme.

(3) Cette aventure forme le chapitre CCCIX des chroniques de Jean
Molinet, éd. Buchon, tome V, p. 136 ; c'est dans ce chroniqueur que
Ch. Blondin l'aura prise tout en en modifiant la forme primitive.

Histoire de l'Abbaïe.

Sous l'épiscopat de Bercundus, évêque d'Amiens, il y a mil ans ou environ, c'est-à-dire au commencement du VIIᵉ siècle, la terre où est scituée Saint-Vallery étoit une solitude et se nommoit Leuconaüs (1). Ce prélat, que l'historien de Saint-Vallery apelle Bienhureux, y venoit passer le temps du carême dans la contemplation.

Ce territoire étoit du domaine des Roix de Neustrie, ou France occidentale, dont le Vimeu étoit alors portion, et Clotaire II permit à saint Vallery et à son compagnon Vualdolent (2) d'y venir demeurer ; ils y arrivèrent l'an 614 (3), dans la même année que saint Leu, évêque de

---

(1) L'étymologie de ce lieu est loin d'être fixée ; un Abbevillois, M. de Poilly, voit dans ce mot *leucos* et *naus*, venant du grec et signifiant *blanc* et *vaisseau*; d'où, par extension, et peut-être avec un peu de complaisance, ce mot signifierait : *lieu blanc où s'assemblent les vaisseaux* ; Ingulphe dit que *leucos*, qui signifie blanc, aurait été donné à ce lieu à cause des pierres blanches à l'aide desquelles on marquait les distances ; Adrien de Valois le fait venir de *leuga*, lieue ; enfin M. Labourt le fait dériver du celtique *luc*, *lug*, forêt, et du breton *neach*, montagne, élévation ; dans notre manuscrit, on lit en marge : « Leuconaüs, à cause des bois, en latin *lucus* et non pas de *locus navium*. » Quoi qu'il en soit, ce lieu paraît avoir été un comptoir établi par les Grecs de Marseille pour commercer avec la Grande-Bretagne. Ce n'est qu'au Xᵉ siècle, en 931, qu'il prit le nom de Saint-Valery.

(2) On sait peu de chose sur ce religieux, désigné souvent par le nom de Valdolein ; il mourut quelque temps avant saint Valery et reçut sa sépulture dans son ermitage; une partie de ses reliques fut portée à Montreuil.

(3) Suivant plusieurs chroniqueurs, — et c'est l'opinion la plus généralement adoptée, — ils y arrivèrent en l'an 611 et fondèrent l'abbaye la même année; d'après la *Gallia christiana* et les Bollandistes, elle aurait été fondée en 612 ; D. Grenier et Lecointe disent 614, et Mabillon, 616.

Sens, fut envoié en exil au village d'Ansennes, sur la Bresle, en Vimeu, par ce monarque (1).

Les historiens de saint Vallery et de saint Blimond nous donnent à connoistre que la terre de Leuconaüs a été un séjour d'ydolâtrie. Saint Blimond a achevé de détruire les ydoles qui y restoient de son tems. Saint Vallery, étant en Vimeu, travailla au progrès de l'Evangile dans le païs. Il vivoit selon la règle de saint Colomban. Un bénédictin, dans le siècle dernier, a fait une dissertation pour prouver que la règle de saint Colomban étoit la même que celle de saint Benoist, qu'il avoit embrassée dans le monastère de Luxeül en Bourgogne ; il s'étoit fait une cellule sur la petite montagne où est la chapelle dédiée à Dieu sous son nom. Saint Blimond, du Dauphiné ou des païs sur l'Oise (2), selon d'autres, vint en Vimeu attiré par les miracles de ce saint, qui le guérit d'une incommodité qui le rendoit perclus de tous ses membres ; il y demeura vivant sous sa discipline. Des incursions des Barbares aians obligé les solitaires qui se conduisoient comme luy selon la règle et l'esprit de saint Vallery de quitter ce lieu, il fut en Italie au monastère de Bobbio, gouverné par saint Attala, de l'ordre de saint Colomban. Voiés Bolland^us et Baillet. Saint Valery étoit mort vers l'an 623 (3).

---

(1) Pagi et les Bollandistes fixent, au contraire, son retour à Sens l'an 614, après être resté au moins un an à Ansennes.

(2) Il était originaire du Dauphiné ; mais il avait quitté le monastère de Bobbio, en Lombardie, pour venir visiter le tombeau de saint Valery ; les auteurs qui ont fait naître ce saint sur les bords de l'Oise ont pris l'*Isara*, l'Isère, pour l'Oise.

(3) Il mourut le 12 décembre 622, d'après M. l'abbé J. Corblet, et fut

Saint Blimond revint en Vimeu (1), et, par la permission de l'évêque d'Amiens et les libéralités du Roy Clotaire II, il y jetta les fondemens de l'abbaïe, l'an 627. Clotaire II luy fit don de la terre de Leuconaüs et de celle de *Routiauville, Raterii villam*. Ainsy cette abbaïe est véritablement roialle ; elle a ensuite été enrichie par le roy Dagobert (2), par Jean, comte de Ponthieu, par Burchardus, comte de Paris, par les seigneurs de Saint-Vallery, par ceux de l'ancienne et célèbre maison de Fontaines et autres.

Raimbert, abbé de Saint-Vallery, fut eslu évêque d'Amiens ; il vivoit l'an 740.

Les incursions des Barbares venus du Nort obligèrent les religieux d'abandonner l'abbaïe ; elle fut pillée et brûlée l'an 859 (3). Les mêmes Barbares vinrent encor y piller l'an 881 (4).

Le Roy Louis III les aresta au village de Saucourt, *in villa quæ Satha lenutio dicitur* (5), au païs de Vimeu,

---

inhumé au haut de la butte du cap Hornu, endroit qu'il avait désigné pour sa sépulture.

(1) Il s'était retiré au monastère de Bobbio en 623 et revint à Leucone en 627.

(2) Suivant M. l'abbé Corblet, ce serait Dagobert Ier qui lui aurait donné la terre de Routiauville en 636.

(3) Le 6 janvier ; le chef normand se nommait Weland.

(4) Leur chef, — konong, — s'appelait Garamond ; il fut tué, dit-on, de la main du roi de France, et inhumé à Vignacourt. — L'abbaye eut à souffrir d'autres ravages ; elle fut encore pillée par les Anglais en 1088, en 1360 et en 1422 ; par les Bourguignons en 1433, et par les Calvinistes en 1568 et en 1591.

(5) Ces deux derniers mots sont rayés dans notre Ms., et on lit au-dessus *Salhucurlis*.

in pago Vimaii, ou comme s'exprime un autre ancien auteur, *in villa Seulcurt*, gagna sur eux la victoire et en tua une aussi grande multitude que l'on eut jamais vue.

Des chanoines s'établirent dans l'abbaïe et y restèrent jusqu'au temps de Hugues Capet, qui y mit des religieux de l'ordre de saint Benoist, qu'il fit venir de Saint-Lucien de Beauvais.

Selon une ancienne chronique de France, saint Vallery s'apparut à Hugues dit le Grand, comte de Paris, et luy dit en dormant : Va à Arnoul (c'étoit Arnoul 5ᵉ comte de Flandres), et ly dit qu'il envoie nos corps, nous aimons mieux à être en nos propres églises qu'en étranger ; fais seulement ce que Dieu te mande par moy et ne tarde mie (1).

Archambaud avoit vendu la chasse de saint Vallery (2) au comte de Flandres et elle se trouvoit en l'abbaïe de saint Bertin avec la chasse de saint Riquier. Hugues fit savoir à Arnoul : Si tu ne le fais voulentiers, tu le fera après maugrés toy. Burchardus, comte de Paris, et Orlandus, comte ou vicomte du Vimeu, rapportèrent la châsse (3), et des auteurs anciens raportent que les eaux se partagèrent pour faire un passage comme autrefois

---

(1) Cette apparition eut lieu en 980, mais après que l'abbé Archambault eut vendu les reliques de saint Valery au comte de Flandre.

(2) C'est en 951 que cette châsse fut ravie à son sanctuaire, et elle n'y rentra que le 2 juin 981.

(3) D'après les chroniques de l'abbaye de Saint-Bertin, S. Valery apparut alors une seconde fois à Hugues Capet pour lui annoncer que, puisqu'il s'était conformé à ce qu'il lui avait ordonné, il règnerait sur les Francs, et ses descendants seraient rois jusqu'à la dernière génération.

celles du Jourdain. Elle arriva d'abord à la Ferté, *in loco qui dicitur in Firmitas,* et fut déposée ensuite dans l'abbaïe.

Guillaume, duc de Normandie, surnommé le Conquérant, avoit une flotte au port de Saint-Vallery pour aller en Angleterre, et, aiant le vent contraire, fit exposer la châsse de saint Vallery et obtint un vent favorable (1). Voiés Rolland, à l'article des miracles de saint Vallery.

Richard Ier, roy d'Angleterre et duc de Normandie, fâché de ce que le port de Saint-Vallery servoit aux vaisseaux anglois, qui y amenoient du froment et des vivres pour les François, chevaucha vers Saint-Vallery, le brusla, destruisit le monastère, chassa les religieux, mit le feu aux vaisseaux, distribua les vivres à ses soldats, fit pendre les matelots anglois, et emporta les

---

(1) Ce fait est rapporté par Orderic Vital et par Matthieu Paris. Aug. Thierry, dans son *Histoire de la conquête d'Angleterre*, t. Ier, p. 314, le raconte ainsi : « Soit par conviction, soit pour tenter une dernière ressource, soit pour fournir aux esprits quelque distraction nouvelle, les chefs normands firent promener en grande pompe au travers du camp les reliques de saint Valery, patron du lieu. Toute l'armée se mit en oraison, et la nuit suivante les vents changèrent et la flotte eut le temps à souhait. Quatre cents navires à grandes voiles et plus d'un millier de bâteaux de troupes s'éloignèrent de la rive au même signal. » — Au mois d'octobre 1847, la *Société des Antiquaires de Picardie* eut l'excellente idée de faire placer sur la façade de l'entrepôt de Saint-Valery, au centre même du port, une plaque commémorative portant l'inscription suivante :

DE CE PORT, EN 1066,

GUILLAUME DE NORMANDIE

PARTIT

A LA TÊTE DE 400 VOILES

POUR LA CONQUÊTE DE L'ANGLETERRE.

reliques de saint Vallery en Normandie, d'où est venu Saint-Vallery en Caux (1). Voiés Math. Paris en l'an 1197.

Le siècle suivant, les religieux étans rétablis raportèrent les reliques dans l'abbaïe.

L'an 1215, Guillaume, comte de Ponthieu, rattifia à l'abbaïe de Saint-Vallery les donations y faites par Jean, comte de Ponthieu, son père, et Béatrix, sa mère. Hugues de Fontaines, seigneur de Long et de Longpré, donna à l'abbaïe de Saint-Vallery seize journeux de terre avec le bois scitué au village de Neuville l'an 1231.

Aléaume, fils de Hugues, avoüa, l'an 1263, que la moitié des anciens droits et ceux de toutes les mazures de la Neuville-au-Bois, qu'il tient de l'église de Saint-Vallery, appartient à l'abbé et couvent dudit lieu ; savoir, six deniers pour chacune mazure.

Jean de Fontaines, fils de Wautier, qui étoit second fils d'Aléaume, tomba d'accord l'an 1408 avec les religieux de Saint-Vallery, touchant quelques haies qu'il avoit fait abatre proche son bois de Neuville.

Robert de Dreux, l'an 1321, vendit à l'abbé et couvent de Saint-Vallery tous les droits qu'il avoit sur les hommes et tenans avec la haute justice et viconté de la

(1) On prétend que l'église de ce lieu était déjà dédiée à S. Valery avant l'arrivée de ses reliques. En effet, l'abbé Cochet dit qu'on trouve « le nom de Sanctum Valericum » dans une charte de Richard Ier, et celui « d'Ecclesia Sancti Valerici, dans une charte de Richard, en 1026. » (*Les églises de l'arrondissement d'Yvetot*, t. II, p. 7.) En présence de ces preuves, il faut donc rejeter l'assertion de plusieurs auteurs qui ont avancé que Saint-Valery-e-n-Caux devait son nom aux reliques du saint abbé.

ville de Woignarüe (1) et autres choses pour le prix de trois mil deux cens quatre vingts livres parisis.

La congrégation de Saint-Maur s'établit en l'abbaïe de Saint-Vallery l'an 1644 (2).

Histoire de la Ville.

L'historien de la vie de saint Vallery, qui a vécu un siècle après ce saint, raporte que de son temps il y avoit des maisons batties dans le territoire où est l'abbaïe.

On ne sait si dans le siècle suivant, c'est-à-dire le neuvième, il y en avoit un assemblage assez considérable pour former un village ou un bourq.

Dans le xii⁰ siècle, Saint-Vallery a, dans un historien, le nom de *villa*. L'historien des miracles de ce saint fait parler Renaut, avoüé de Saint-Vallery, en ces termes : *Portas Burgi obserate*, et du depuis, Mathieu Paris, raportant la destruction de Saint-Vallery par le roy d'Angleterre en 1197, s'exprime ainsy : *Villam combussit;* ainsi jusque vers l'an 1200, Saint-Vallery n'a été qu'un village ou tout au plus un bourq, s'il est vray comme les termes de Froissart à l'an 1358 sembles nous l'insinuer que le siége de Saint-Vallery, qui fut alors, ne regarda que le château ou selon luy le chatel, nous pouvons conjecturer qu'alors la ville de Saint-Vallery n'étoit point encore fermée de murailles. (3).

(1) Le Ms. de D. Grenier dit Vuarmerue.

(2) Le 1ᵉʳ octobre.

(3) La commune de Saint-Valery existait en 1232, mais elle fut abolie en 1234 ; cependant, une charte de Jean d'Artois et d'Isabelle de Melun rétablit cette commune en 1376.

La ville étoit certainement murée dans le xvᵉ siècle, c'est-à-dire l'an 1432. Dès l'an 1422, Saint-Vallery étoit murée ; Monstrelet, rapportant le siége qui en fut fait alors, s'exprime ainsi : Jettans contre les murs d'ycelle ville et les desrompans en plusieurs lieux , car alors selon Monstrelet et autres historiens, la ville de Saint-Vallery fut prise par escalade, et nous lisons cette année plusieurs siéges où il est toujours parlé non seulement du château mais de la ville. Nous en donnerons cy après l'ordre chronologique.

Charles VIIᵉ, roy de France, regardoit Saint-Vallery comme la clef du Vimeu (1). Voiés le livre noir de la ville.

Histoire du Château.

Du temps de Renault de Saint-Vallery, seigneur avoüé de Saint-Vallery, il n'y avoit pas ce semble encore de château à Saint-Vallery. Ce seigneur auroit dans le xiiᵉ siècle, depuis l'an 1184, reconnu tenir en fief, du roy Philippe-Auguste, Saint-Vallery, l'avoüerie des terres de l'abbaïe de Saint-Vallery, le *château de Dommard et Bernaville* ; il auroit nommé dans son aveu le château de Saint-Vallery aussi bien que celuy d'*Ault* s'il y en eut eu un alors, d'autant plus que dans la suitte, lorsqu'il a

---

(1) C'est à la suite des fortifications dont elle fut armée, — dit M. Prarond, — que Charles VII lui donna le nom de *Clef du Vimeu.*

existé, il a été nommé par un ancien écrivain un châtel appartenant au Roy ; il est bien vray que Renault de Saint-Vallery, qui vivoit du tems de Lothaire, roy de France, s'explique ainsy dans l'historien des miracles du saint : *Portas Burgi obserate claves in castrum meum astulite ;* mais qui sait si le château de Renault étoit à Saint-Vallery même et non pas dans quelque terre voisine ?

Quoy qu'il en soit, il y en avoit un l'an 1358 et Belleforest nous le fait considérer comme étant alors une forteresse de conséquence ; il a été plusieurs fois siégé, comme nous rapporterons cy après.

L'an 1366, on commençoit l'édifice du château du Crottoy. Mss. de Sorbonne.

André, sire de Rambures (1), selon titres de 1366, fonda quatre chapelles, dont trois pour Cambron et la quatrième pour le château de Saint-Vallery ; il étoit chambellan du roy.

---

(1) Il y a confusion de nom ; c'est Jacques de Cambron qui fonda ces quatre chapelles par acte du 24 juin 1366, conformément aux dispositions testamentaires de son frère, Andrieu, qui donna le quint des terres de Cambron et de Villeroy à cet effet ; la ratification de cette donation fut faite le 28 juin de la même année par Jean d'Artois, comte d'Eu, Isabelle de Melun, sa femme, et Jeanne d'Artois leur fille ; comtesse de Dreux et héritière de Saint-Valery ; au mois de juillet suivant, le roi Charles V approuva cette donation par lettres-patentes. — André de Rambures avait épousé en secondes noces Jeanne de Cambron, fille de Jacques, sire de Cambron et de Villeroy.

Seigneuries et Seigneurs.

Le lieu où étoit S. Vallery etoit du domaine des rois jusqu'à Clotaire II, qui en fit don à S. Blimond l'an 627.

Les seigneurs qui dans la suitte en sont devenus les avouëz et deffenseurs ont tenu du Roy la seigneurie du lieu, de laquelle ont relevé plusieurs autres. Sous le règne de Philippe-Auguste, les seigneurs de Cayeu relevoient des seigneurs de Saint-Vallery, comme ceux de Biencourt, relevoient de ceux de Cayeu. Guillaume Bournel, le 28ᵉ septembre 1487, rendit aveu au seigneur de S. Vallery pour la terre de Lambercourt, dont il avoit pris possession le 19 février précédent, l'aiant hérité de Julien Bournel, son oncle.

Anciennes maisons de Saint-Vallery éteintes dans le XIIIᵉ siècle (1).

Renault de Saint-Vallery, sous le règne de Lothaire, roy de France, étoit si grand seigneur que sa fille épousa un des fils de Guillaume, comte de Ponthieu et de Bou-

---

(1) Selon le P. Daire, — *Histoire littéraire d'Amiens*, p. 206, — l'abbé François de Hodencq, doyen de la cathédrale d'Amiens, aurait écrit une histoire des seigneurs de Saint-Valery, histoire qui resta manuscrite.

logne. Peu après luy fleurit Guilbert, surnommé l'avoüé de Saint-Vallery, seigneur de si grande noblesse que Richard II, duc de Normandie, luy donna en mariage sa fille, Papie de Normandie. V. Ordericus Vital. Il en eut Bernard, qui suit, et Richard (1), qui eut un fils nommé Guilbert et une fille nommée Ade (2). Guilbert (3) eut Gauthier (4), Hugues, moine de Saint-Evroul et Béatrix. Gauthier eut Richard, Jordain, Gautier et Elie (5).

Bernard Ier du nom, seigneur de Saint-Vallery, d'Ault et Dommard, imposa son nom à la terre de *Bernardeville*; il eut deux fils, Gautier qui suit, Guilbert, pour l'âme duquel, au rapport de Suger, Walleran, seigneur de Breteuil, fit quelques fondations à l'église de Saint-Denis.

Gautier, seigneur de Saint-Vallery, d'Ault, de Bonin, *Dommart* (6), *Bernardeville*, accompagna Guillaume de Normandie à la conqueste d'Angleterre l'an 1066 ; depuis

---

(1) Seigneur d'Aufay, marié à Ade, fille de Herluin, seigneur de Hugueville.

(2) Elle épousa Geoffroy, fils de Turchetil de Marcheneuf ; leur fils aîné fit la conquête du royaume de Galles.

(3) Il prit pour femme Béatrix, fille de Chrestien de Valenciennes ; Guilbert de Saint-Valery était seigneur d'Aufay et de Hugueville.

(4) Comme son père, il était seigneur d'Aufay et de Hugueville ; il épousa Amicie, fille de Herbran, seigneur de Saqueville et de Saquainville, et en eut douze enfants, dont la plupart moururent fort jeunes. — Gautier et sa femme furent inhumés au monastère de Saint-Evroul.

(5) Richard mourut à l'âge de douze ans, et Jordain fut seigneur d'Aufay et de Hugueville.

(6) Il fut tué dans un combat, donné après la prise d'Antioche, en 1098.

il fit le voiage de Jérusalem avec Robert, duc de Normandie, duquel il étoit parent proche (1). Il eut :

Bernard II, nommé entre les seigneurs qui firent même voiage de Jérusalem l'an 1096, aiant succédé à Gautier son père ; il fut associé à la moitié de la seigneurie de Gamaches par un chevalier nommé Wallerand, qui la tenoit auparavant en franc-alleu et repris de luy l'autre moitié en fief, au moien de quoy le comte d'Eu, lors vivant, permit d'y construire une forteresse. Il eut Bernard, qui suit, auquel Baudoin, roy de Jérusalem, commit la garde du château d'Arenes, en Palestine, l'an 1159 (2).

Bernard III, seigneur de Saint-Vallery, de Gamaches, d'Ault sur la mer et autres lieux, suivit la cour de Henry II, roy d'Angleterre, duc de Normandie, et fut par luy envoié extraordinairement vers le pape, l'an 1165. Il eut Bernard, qui suit, et Lorre ou Lorrette, épouse du célèbre Aléaume de Fontaines, fondateur de l'église de Longpré (3).

Bernard IV, seigneur de Saint-Vallery, est nommé avec Aléaume de Fontaines en une charte de l'an 1184. Depuis il reconnut tenir en fief du roy Philippe-Auguste, Saint-Vallery, l'avoüerie des terres de l'abbaie de Saint-

---

(1) Un chroniqueur lui donne pour femme l'une des filles de Miles le Grand, seigneur de Montlhéry et de Bray, vicomte de Troyes.

(2) Il y a ici une erreur, car André Duchesne donne deux fils à Bernard II : Bernard III et Renaut ; c'est à ce dernier que le roi de Jérusalem commit la garde du château d'Arenes, en Palestine, et non à Bernard III.

(3) Il eut encore une autre fille : Mathilde, mariée à Guillaume Breuse, seigneur anglais.

Vallery, le château d'Ault, Dommard et Bernardeville ; il épousa Ænor (1), avec laquelle il fonda l'abbaïe du Lieu-Dieu, de l'ordre de Cisteaux, l'an 1191, et il eut trois fils : Renault, qui après avoir été accordé fort jeune, par traitté de l'an 1178, avec Adeile, fille de Jean, comte de Ponthieu, et sœur de Guillaume, aussi comte de Ponthieu, mourut; Thomas, qui suit; et Bernard, dit le Jeune, qui trépassa au siége d'Acre (2).

Thomas, seigneur de Saint-Vallery, de Gamaches, d'Ault, prit alliance avec Adelle (3), qui avoit été accordée avec son frère, laquelle étoit sœur de Guillaume, comte de Ponthieu, lequel épousa Alix de France, sœur du roy Philippe-Auguste ; elle confirma avec lui la fondation du Lieu-Dieu en 1207. Il fit, l'an 1203 ou 1205, un accord avec Guillaume, comte de Ponthieu, son frère, par lequel il promit de servir ledit Guillaume, comte, en tout excepté contre les Roix de France et d'Angleterre. L'an 1209, il fit un traitté de paix avec ledit Guillaume à Malfort, aujourd'hui Mautort. Par ce traité, Thomas promit de servir Guillaume comme son seigneur, et, à cet effet, luy donna pour pleiges Guillaume de Cayeu et autres, ses vassaux. Les anciennes chroniques de France, dans le détail de la célèbre bataille de Bouvines, où 100,000 François battirent près de 200,000 hommes,

---

(1) Il avait d'abord épousé une dame que Du Cange nomme Mabile.
(2) En 1190.
(3) C'est à cette dame de Domart qu'arriva l'aventure qui a servi plus d'une fois de sujet aux romanciers et aux dramaturges. — Par son mariage, elle avait apporté à Thomas de Saint-Valery la belle terre de Saint-Aubin-le-Cauf, près de Dieppe.

loüent la proüesse de Thomas de Saint-Vallery. Il n'y a qu'à lire Rigordus et Guillaume le Breton ; ils l'appellent un seigneur noble, vaillant et puissant, recommandable par son courage et instruit dans les lettres. Il mena à cette bataille cinquante escuiers et deux mil soldats du païs de Vimeu et des terres qui dépendoient de luy, c'est à dire de la seigneurie de Gamaches et autres du Vimeu, lesquels, après avoir bien combattu, furent chargez par le roy, à la fin de la bataille, de donner sur sept cens Brabançons qui restoient dans le centre de l'armée ennemie, qu'ils tuèrent tous, et, ce qui fut merveilleux, dit Rigordus, c'est qu'il n'y eut pas un des hommes de Thomas de Saint-Vallery tué. Il n'eut qu'une fille nommée Aénor de Saint-Vallery, laquelle porta en la maison de Dreux toute sa succession.

Seigneurs de la maison roialle de Dreux qui ont possédé la seigneurie de St-Vallery.

Le roy Louis VI, surnommé le Gros, eut pour cinquième fils Robert, comte de Dreux, de Perche et de Braine, lequel eut de sa troisième femme plusieurs enfans. L'aîné fut Robert II (1), duquel est venu Robert III, qui suit.

Robert de Dreux, IIIe du nom, surnommé Gasteblé, épousa Aénor de Saint-Vallery par contrat passé l'an

---

(1) Il épousa Yolande de Coucy.

1210 (1) ; il mourut l'an 1233, laissant entre autres (2) :

Jean de Dreux, Ier du nom, comte de Dreux (3), seigneur de Saint-Vallery, lequel mourut en 1248, laissant de son épouse, Marie, fille d'Archambourg, sire de Bourbon :

Robert IVe, comte de Dreux, seigneur de Saint-Vallery, mourut en 1282, laissant entre autres, de Béatrix de Montfort, son épouse :

Jean II, comte de Dreux (4), seigneur de Saint-Vallery, mourut en 1309, laissant entre autres, de Jeanne de Beaujeu, son épouse (5) :

Pierre, comte de Dreux, seigneur de Saint-Vallery, mort en novembre 1345, laissant d'Izabel de Melun une fille unique nommée Jeanne de Dreux, née au château de Gamaches en juillet 1345 et morte en aoust 1346 (6).

---

(1) C'est peu de temps après qu'il prit part à la croisade contre les Albigeois.

(2) Sa veuve épousa en secondes noces, en 1237, Henri Ier, sire de Sully, veuf de Marie de Dampierre.

(3) Il avait pour frères Robert et Pierre, et pour sœur Yolande.

(4) Surnommé *le Bon*, à cause de son caractère.

(5) Après la mort de Jeanne de Beaujeu, arrivée en 1308, Jean II, dit *le Bon*, épousa Péronnelle de Sully, — et non Suilly comme on l'a écrit, — veuve de Geoffroy de Lezignem, et fille de Henri III de Sully et de Marguerite de Beaumetz. De sa première union, Jean *le Bon* avait eu : Robert V, Jean, Pierre, Simon et Béatrix ; de sa seconde femme est née Jeanne. — Robert V, allié à Marie d'Enghien en avait eu plusieurs filles, qui moururent de son vivant ; il décéda lui-même en 1329, laissant pour héritier de tous ses biens son frère Jean ; ce dernier, marié à Ide de Rosny, mourut peu de temps après (1331), sans laisser de postérité, de sorte que la seigneurie de Saint-Valery revint au troisième fils de Jean *le Bon*.

(6) Elle naquit le 10 juillet 1345 et mourut le 22 aoùt de l'année suivante.

Sa succession vint à Jeanne de Dreux, sœur de son père, laquelle porta la seigneurie de Saint-Vallery à Louis, vicomte de Thouars.

Seigneurs de Saint-Vallery de la maison roialle d'Artois.

Isabel de Melun, dont cy dessus veuve de Pierre de Dreux, épousa Jean d'Artois, comte d'Eü, descendant du frère de Saint-Louis, Ier comte d'Artois, lequel, par ce mariage, devint seigneur de Saint-Vallery. Une de leurs filles, nommée Jeanne d'Artois, laquelle, aiant perdu son mary en un tournois (1), dès la première journée de son mariage, demeura toujours veuve, fut apellée dame de Saint-Vallery. Cette seigneurie vint à son neveu Charles d'Artois et ensuite à Bonne d'Artois, sœur de Charles, mariée à Philippe de Bourgogne, comte de Nevers.

Seigneurs de Saint-Vallery de la maison roialle de Bourgogne.

Philippe de Bourgogne (2), comte de Nevers, troisième fils de Philippe le Hardy, duc de Bourgogne, épousa

---

(1) Simon de Thouars. — Le mariage avait été célébré à Eu le 12 juillet 1365.

(2) Il épousa : 1° le 23 avril 1409, Isabelle de Couci, comtesse de Soissons ; 2° le 20 juin 1413, Bonne d'Artois, fille aînée de **Philippe**

Bonne d'Artois (1), dont cy dessus, en 1413, et, par cette alliance, le comté d'Eü et la seigneurie de Saint-Vallery sont venus en la possession des comtes de Nevers.

Jean de Bourgogne (2), comte de Nevers et seigneur de Saint-Vallery, fils de Philippe cy dessus eut entre autres, Elizabeth, comtesse de Nevers et d'Eü (3), mariée en 1455 à Jean de Clèves ; par cette alliance

---

d'Artois, comte d'Eu et de Marie de Berry. Du second mariage naquirent : Charles, comte de Nevers, et Jean, comte de Nevers après la mort de son frère, arrivée en 1464.

(1) Après la mort de Philippe de Bourgogne, comte de Nevers, elle épousa en secondes noces, Philippe le Bon, duc de Bourgogne, en 1424.

(2) Il épousa : 1° par contrat du 24 novembre 1435, Jacqueline d'Ailly, fille aînée de Raoul d'Ailly, seigneur de Picquigny ; 2° par contrat du 30 août 1475, Paule de Brosse ; 3° le 11 mars 1479, Françoise d'Albret. Du premier mariage, il eut Philippe, mort à l'âge de six ans, et Elisabeth ; de la seconde alliance, il eut Charlotte, mariée en 1486 à Jean d'Albret, seigneur d'Orval, frère de la troisième femme de Jean de Bourgogne. Le duc Jean mourut le 25 septembre 1491, à l'âge de soixante-seize ans ; (il était né le 25 octobre 1415) ; sa troisième femme, qui était de quarante ans moins âgée que lui, mourut le 6 mars 1521.

(3) Elle épousa le 22 avril 1455 Jean Ier, duc de Clèves et comte de La Marck, chevalier de la Toison d'Or ; il mourut le 1er septembre 1481 et sa femme, le 21 juin 1483. Leurs enfants furent : 1° Jean II, duc de Clèves ; 2° Adolphe, chanoine de Liège ; 3° Engilbert, comte de Nevers; 4° Philippe, évêque d'Amiens ; 5° Thierri ; 6° Marie. — Engilbert de Clèves, comte de Nevers, concède plusieurs privilèges aux habitants de Saint-Valery en 1493. (D. Grenier). Il avait épousé, par contrat du 23 février 1489, Charlotte de Bourbon. Il en eut : 1° Charles, comte de Nevers; 2° Louis, comte d'Auxerre ; 3° François, abbé de Saint-Michel du Tréport ; 4° Engilbert. — Charles de Clèves, comte de Nevers, fut marié le 25 janvier 1504 à sa cousine germaine, Marie d'Albret, fille de Jean, seigneur d'Orval et de Charlotte de Bourgogne. Il mourut en prison au Louvre en 1521. — François Ier de Clèves, duc de Nevers, fils unique de Charles, naquit en 1516 ; il épousa, par contrat du 19 janvier 1538, Marguerite de Bourbon. Les enfants qu'il laissa à sa

La maison de Clèves

A possédé le comté d'Eü et la seigneurie de Saint-Vallery pendant un assez long temps, c'est à dire jusqu'au siècle suivant. Henriette de Clèves, après la mort de ses frères, eut le comté de Nevers et les terres de Picardie, et épousa Ludovico de Gonzague, prince de Mantoue, avec lequel, l'an 1574, elle fonda à perpétuité, pour le mariage de soixante pauvres filles en toutes leurs terres et seigneuries, par chacun an, à chaque fille cinquante francs distribués pour une seule fois.

La maison de Rohault.

Claude-Jean-Baptiste-Hiacinte Rohault, marquis de Gamaches depuis la mort de son neveu, tué à Hostecq (*sic*)

---

mort, arrivée en 1566, furent : 1° François II, duc de Nevers, tué à Dreux par imprudence en 1562 ; 2° Jacques, mort sans postérité ; 3° Henri, comte d'Eu, mort sans alliance ; 4° Henriette ; 5° Catherine, comtesse d'Eu ; 6° Marie. — Henriette de Clèves, duchesse de Nevers et de Rethel, héritière de son frère, naquit le 31 octobre 1542 et mourut le 24 juin 1601. Elle épousa au mois de mars 1565 Louis de Gonzague, prince de Mantoue, né en 1539, mort en 1595 ; leurs enfants furent : 1° Charles Ier ; 2° Catherine ; 3° Marie. — Charles Ier de Gonzague-Clèves, duc de Nevers, épousa en 1599 Catherine de Lorraine et en eut six enfants, trois garçons et trois filles. — Charles II de Gonzague-Clèves, duc de Rethelois, né en 1609 épousa, le 24 décembre 1627, sa cousine Marie de Gonzague ; il mourut quatre ans après, âgé de vingt-deux ans, laissant : 1° Charles ; 2° Éléonore ; 3° Marguerite. Ces deux dernières vendirent en 1640 la seigneurie de Saint-Valery, qui était dans la maison de Clèves depuis 1455.

en 1704, comte de Cayeu, brigardier d'armée en 1690, mareschal de camp en 1696, chevalier de l'ordre de Saint-Louis en 1694, est seigneur avoüé et gouverneur de Saint-Vallery ; il a deux fils : Jean-Joachim, comte de Cayeu, et Louis-Aloph, grand-vicaire de Ponthoise, et deux filles.

Le premier de cette maison dont la mémoire s'est conservée fut Clément Rouault, escuier en 1327, qui avoit pour armes : deux léopards passans. Il eut entre autres : André, seigneur de Boismenard, dont Clément, qui, par alliance avec Péronnelle, vicomtesse de Thoüars, devint l'un des plus grands seigneurs du roiaume, et, à cause d'elle, prenoit à la cour et à l'armée la qualité de comte de Dreux et vicomte de Thoüars, sous les règnes de Charles V et de Charles VI. Clément n'eut point d'enfans de Péronnelle de Thoüars. Son frère, André II du nom, seigneur de Boismenard et de la Rousselière, fut gouverneur du fils aîné du duc de Berry en 1378. Le roy le gratifia d'une somme de cinq cens livres pour reconnaissance de ses services dans les guerres de Guienne contre les Anglois ; il eut deux fils : Gilles, l'aisné, seigneur de Boismenard, eut Jean, seigneur de Boismenard (1), chambellan du roy, qui eut Joachim, mareschal de France, etc., qui acquit beaucoup de gloire dans les guerres de son temps ; par accommodement avec la maison de Thoüars, il devint en 1461 seigneur de Gamaches ; il mourut en 1478 (2). Après luy fut Aloph, seigneur de

---

(1) De son mariage avec Jeanne du Bellay, il eut : Joachim, Jacques Alael, Louise et Jeanne.

(2) Il avait épousé Françoise de Volvire et en eut : Aloph, Anne et Agathe.

Gamaches, dont Aloph II, chevalier, seigneur de Gamaches, Boismenard d'où est venu Nicolas Ier, seigneur de
Gamaches (1), dont entre autres, Nicolas II, qui fit ériger
la terre de Gamaches en marquisat l'an 1620. Il eut
entre autres Nicolas-Joachim, marquis de Gamaches, gouverneur de Saint-Vallery, mareschal de camp, lieutenant-
général des armées du roy et mort en 1687, âgé de
68 ans. Il a eu entre autres enfants : 1° Joseph-Emma-
nuel-Joachim, marquis de Saint-Vallery, brigadier, mort
en 1691, laissant Jean-Joseph tué à Hostecq ; 2° Claude-
Jean-Baptiste-Hiacinthe, à présent marquis de Gamaches
depuis la mort de son neveu.

Evénemens militaires
concernans la ville de Saint-Vallery-sur-Somme.

La terre de Leuconaüs tomba sous la domination des
Romains du tems de César.

450. Mérovée étendant la domination françoise depuis la
Somme jusqu'à la Seine devient maître de
Leuconaüs.

---

(1) Nicolas Ier, mort en 1583, avait été marié deux fois : 1° à Charlotte de Lenoncourt, dont il eut Gédéon ; 2° à Claude de Maricourt,
dont il eut : François, Nicolas II et Aloph. — Gédéon Rouault étant
mort en 1587 sans avoir contracté d'alliance, ses biens passèrent à son
frère François, qui acheta la terre de Saint-Valery aux filles du duc de
Rethelois pour la somme de quatre-vingt mille écus. François Rouault
fut blessé mortellement devant Doullens le 24 juillet 1595 et mourut le
15 octobre suivant sans avoir été marié ; son frère, Nicolas II, hérita
de tous ses biens.

859. Les Barbares venus du Nort, pillent Saint-Vallery, Amiens.

881. Les Normands pillent Saint-Vallery et tous les lieux voisins, vers la feste de la Purification.

1066. Guillaume, duc de Normandie, a une flotte au port de Saint-Vallery, avec laquelle il part pour la conqueste d'Angleterre.

1197. Richard Ier, roy d'Angleterre, faché de ce que le port de Saint-Vallery sert aux Anglois pour amener des vivres aux François, brusle le lieu, destruit le monastère, chasse les Religieux, fait pendre les matelots anglois et emporte les reliques du saint en Normandie.

1358. Les gens du Roy de Navarre prirent le châtel de Saint-Vallery où ils mirent garnison de cinq cens combattans qui couroient tout le païs jusqu'à Dieppe et environs Abbeville, le long de la marine jusqu'aux portes du Crottoy et de Montreüil.

1358-1359. Par ordre du connétable, Saint-Vallery est repris sur les Navarrois par environ 2,000 chevaux et 12,000 hommes. Ce siége dura depuis aoust 1358 jusque au Carême 1359, selon Froissart. Il y en avoit de blesséz et de navréz à la fois des uns et à la fois des autres. Les assiégéz avoient des canons et épingalles dont ils travailloient ceux de dehors ; ceux de dedans avoient grande partie d'artillerie. — Il y avoit bien 300 hommes dans la ville sans les hommes qui se deffendoient y étans obligéz (1).

---

(1) Cette dernière phrase a été ajoutée en marge.

1369. Guy, comte de Saint-Pol, et Guy de Chatillon s'emparent pour le roy de France de Saint-Vallery, Crottoy, Rue et de tout le Ponthieu sur Edoüard, roy d'Angleterre.

1399. Ordre du roy touchant la résidence des capitaines des villes, des châteaux et des forteresses du roiaume avec injonction de faire le guet à ceux qui sont obligéz de le faire.

1422. Les gens du Dauphin furent siégéz dans Saint-Vallery par les gens du roy de France et d'Angleterre (1). Il y eut une partie de grands hommes d'armes navréz terriblement (2) ; la plus grande partie des Anglois se logèrent dans l'abbaïe ; du côté de la mer n'y avoit point de siége. Pourquoy les assiégéz alloient prendre des vivres au Crottoy et ailleurs ; enfin vinrent des vaisseaux de Normandie assiéger par mer, pourquoy les assiégéz furent moult troubléz et assimplés et se rendirent le 4 septembre (3).

1432. A un point du jour, la ville de Saint-Vallery fut prise par échelle ; ce fut par le roy Charles et elle étoit pour lors au duc de Bourgogne (4). La même année, le duc de Luxembourg assiégea

---

(1) C'était le comte de Warwick qui était à la tête des assiégeants.

(2) Froissart.

(3) Ces détails sont pris tout entiers dans Monstrelet.

(4) M. Louandre dit que ce fut en 1435 que Gaucourt, à la tête de trois cents hommes, s'empara de la ville de Saint-Valery « au point du jour, par escalade ; » mais au mois de juillet de la même année, Pierre de Luxembourg, ayant sous ses ordres douze cents hommes, força Gaucourt à capituler après un siège de trois semaines.

Saint-Vallery, qu'il prit par composition, puis tira vers Monceaux et Rambures.

1434. Les Bourguignons et les Anglois prirent Saint-Vallery par composition ; ils s'emparèrent pour lors au Crottoy d'un vaisseau chargé de vin, venant de Saint-Malo, pour les François.

1436. Les François reprirent Saint-Vallery (1).

1437. Les Anglois passèrent et repassèrent la Somme pour la deffense du Crottoy, assiégé par les Bourguignons, et logèrent en allant et venant en l'abbaïe de Saint-Vallery, selon Monstrelet.

1471. Le duc de Bourgogne s'empare de Saint-Vallery. Les Bourguignons, avant cette prise, mirent le feu aux bleds et aux villages partout où ils passoient.

1472. Le mareschal Joachim Rouhault, seigneur de Gamaches, reprit Saint-Vallery (2).

1568. Cocqueville et deux autres colonels huguenots se trouvant avec un camp volant sur les frontières de Picardie, furent suivis par le mareschal Cossé, de telle sorte qu'ils n'eurent que le loisir de se jetter dans la ville de Saint-Vallery, où ils furent assiégéz ; ils repoussèrent un assaut

---

(1) C'était Charles Desmarets, commandant du château de Rambures, qui était à la tête des assiégeants ; il profita de l'absence du gouverneur pour faire ce coup de main, mais il ne jouit pas longtemps de cette conquête, car peu de temps après le comte d'Etampes, le vidame d'Amiens et Jean de Croï le forcèrent à leur livrer la place au bout de six semaines de siège.

(2) Trois ans plus tard, le 14 juillet 1475, Louis XI fait brûler Saint-Valery afin de ne pas donner cette ville au roi d'Angleterre.

des catholiques avec une valeur extraordinaire ; mais, comme la bourgeoisie ne leur étoit pas favorable, le mareschal entra d'un côté tandis qu'ils se deffendoient de l'autre. Le prince d'Orange arriva trop tard pour les dégager.

1592. Le duc de Nevers, par le commandement du roy, prit sur les Ligueurs la ville de Saint-Vallery et y laissa une assez bonne garnison de François et d'Allemans ; mais ceux d'Abbeville, par le moien d'un certain capitaine, étans entréz par le château le 22 du mois de janvier, reconnurent la ville pour les Liguéz.

1593. Le comte d'Ernest de Mansfeld se fit rendre Saint-Vallery sur la Somme (1).

1594. Henry IV devint maître de Saint-Vallery et de la Picardie, hormis Soissons, la Fère et Ham.

1596. Fargues, gouverneur de Hesdin, envoioit de ses troupes faire des incursions ; environ 800 hommes, tant cavaliers que fantassins, parurent un matin sur les hauteurs des moulins de Saint-Vallery, vers cinq ou six heures ; un capitaine de vaisseau fit tirer le canon et au bruit ils se retirèrent ; dans cette course, ils bruslèrent des maisons à Boismont, et, à Neuville, l'église et le presbitaire.

---

(1) C'est le 22 décembre 1592 qu'il s'empara de cette ville.

Amiens. — Typ. DELATTRE-LENOEL, rue de la République, 32.